Vente des Mardi 8 et Mercredi 9 Janvier 1867

PAR SUITE DU DÉPART DE M. LE COMTE DE R.

OBJETS DE LA PERSE

FAIENCES, PORCELAINES, ARMES
CUIVRES GRAVÉS

OBJETS D'ART ET DE CURIOSITÉ

Exposition publique le Lundi 7 Janvier

DE UNE HEURE A CINQ

Mᵉ CHARLES PILLET, COMMISSAIRE-PRISEUR | M. CHARLES MANNHEIM, EXPERT

1867

CATALOGUE

D'UNE RÉUNION INTÉRESSANTE

D'OBJETS DE LA PERSE

Faïences, Porcelaines, Armes,

VASES EN CUIVRE GRAVÉ, etc.

OBJETS D'ART & CURIOSITÉS

Faïences italiennes et françaises;
Porcelaines et Bronzes de la Chine et du Japon; Porcelaines de Sèvres;
Pendules en marqueterie; Bronzes d'art et d'ameublement;
Miniatures; Bijoux; Vitraux anciens; Cuivres repoussés; Objets de montre;
Meubles divers, etc.

DONT LA VENTE AURA LIEU

PAR SUITE DU DÉPART DE M. LE COMTE DE R***

HOTEL DROUOT, SALLE N° 2

AU PREMIER

Les Mardi 8 et Mercredi 9 Janvier 1867

A UNE HEURE ET DEMIE

Par le ministère de Me **Charles PILLET**, Commissaire-Priseur,
rue de Choiseul, 11,

Assisté de M. **Charles MANNHEIM**, Expert, rue de la Paix, 10.

Chez lesquels se distribue le Catalogue

EXPOSITION PUBLIQUE

Le Lundi 7 Janvier 1867, de une heure à cinq heures.

CONDITIONS DE LA VENTE

Elle sera faite au comptant.

Les adjudicataires payeront *cinq pour cent* en sus des enchères.

L'exposition mettant le public à même de se rendre compte de l'état des objets, il ne sera admis aucune réclamation une fois l'adjudication prononcée.

Paris. — Imp. de Pillet fils aîné, rue des Grands-Augustins, 5.

DÉSIGNATION

DES OBJETS

PREMIÈRE VACATION

Le Mardi 8 Janvier 1867

Faïences persanes

1 — Fragment de plaque de revêtement en terre émaillée bleu et portant des lettres cunéiformes émaillées blanc. Trouvé dans un tombeau à Sélémide, aux environs de Bagdad.

2 — Très-belle plaque de revêtement de mosquée, en terre émaillée, portant en relief la formule ordinaire : *Au nom du Dieu clément et miséricordieux.* Les caractères sont émaillés bleu et se détachent sur un fond blanc portant des rinceaux et des feuillages, à décor à reflets métal-

liques mordorés. Une des faces du champ porte un décor analogue. Cette pièce date du commencement du XIIIe siècle et provient de la mosquée de Natinz. — Long., 52 cent.; larg., 11 cent.

3-4 — Deux autres très-belles plaques de revêtement présentant un décor analogue et offrant à leur partie supérieure une frise décorée d'oiseaux en relief. Même époque et même provenance. Elles seront vendues séparément. — Haut., 37 cent.; larg., 36 cent.

5 — Fragment de plaque de revêtement portant des caractères réservés en blanc sur fond bleu. Cette pièce provient de la mosquée de Tauris.

6 — Plaque de revêtement en forme d'étoile à huit pointes, et moitié de plaque analogue, décorées d'ornements à reflets métalliques et bleus. Ces pièces sont accompagnées d'une plaque destinée à former entre-deux et émaillée bleu turquoise. Même époque que celles qui précèdent.

7 — Plaque offrant en relief une figure équestre de fauconnier, émaillée en couleurs sur un fond bleu décoré de fleurs réservées en blanc légèrement teinté de bleu. Émail très-brillant, conservation parfaite. — Haut., 18 cent.; larg., 14 cent.

8-9 — Deux plaques analogues à celle qui précède et qui seront vendues séparément.

10 — Plaque de revêtement fragmentée, décorée d'ornements émaillés en couleurs variées. Elle provient d'un des palais du shah à *Ispahan*.

11 — Plaque décorée de fleurs en camaïeu bleu sur fond blanc. Cette pièce rare provient du bain de *Cachan*.

12-18 — Quantité de plaques de revêtement, de décors variés, qui seront vendues séparément ou par lots.

19 — Grand panneau composé d'un grand nombre de plaques en terre émaillée, et offrant à son centre un vase de fleurs entouré de rinceaux et d'ornements, le tout décoré en couleurs variées. — Haut., 1 mèt. 74 cent.; larg., 95 cent. 170

20 — Panse de gourde offrant des sujets de chasse en relief décorés en camaïeu bleu. Pièce curieuse.

21 — Vase en forme de bouteille décorée d'oiseaux et de fleurs en camaïeu bleu sur fond blanc. 60 Wetterhan

22 — Vase de forme et de décor analogues à celui qui précède. Il est garni d'une riche monture en argent.

23 — Gourde très-curieuse présentant des figures de lion et de chameaux en relief, et émaillée jaune uni.

24 — Très-grand bol décoré de fleurs et d'oiseaux en camaïeu

deux bouteilles 260

bleu sur fond blanc, à l'imitation des porcelaines japonaises.

25 — Petit vase de forme surbaissée, décoré d'ornements et de fleurs en camaïeu bleu.

26 — Vase de même forme que celui qui précède, émaillé bleu uni, dit bleu de Perse.

27-28 — Deux bols décorés de godrons et de rosaces en relief et émaillés bleu. Ils seront vendus séparément.

29-30 — Cinq coupes basses en terre émaillée bleu turquoise, et décor d'ornements et fleurs en noir.

31 — Aiguière à panse sphérique et goulot droit, en terre émaillée bleu d'empois.

32 — Bol décoré de fleurs et d'ornements émaillés en couleurs.

33-34 — Quatre vases à goulots droits en faïence, décorés d'ornements en camaïeu bleu sur fond blanc.

35-36 — Quatre flacons carrés, décorés de figures, d'oiseaux et de fleurs en couleurs.

37-38 — Trois forts vases de forme ovoïde, décorés de rosaces émaillées en couleurs.

39 — Deux jardinières à deux anses, à décor d'ornements émaillés en couleurs.

40 — Deux vases de forme ovoïde, décorés de fleurs et d'ornements en couleurs.

41 — Deux jardinières à deux anses, de décor analogue.

42 — Carafe de Kalian, à décor en camaïeu bleu.

43-45 — Dix vases de diverses formes et de décors variés, qui seront vendus par lots.

46-51 — Dix-sept bols, plats et assiettes, variés de décors. Ce lot sera divisé.

Porcelaines persanes

52 — Deux grands vases modèle balustre, émaillés vert d'eau et fleurs gaufrées sous émail.

53 — Vase analogue à ceux qui précèdent, mais plus petit.

54 — Petit vase, forme balustre, à deux anses garnies d'anneaux et émaillés vert d'eau uni.

55 — Grand plat rond, émaillé vert d'eau et fleurs gaufrées sous émail.

56-62 — Fabrique de *Meshed.* — Huit pièces diverses, bols, plateaux, vases, etc., décorés en camaieu bleu à l'imitation des porcelaines japonaises. Qualité ancienne.

63 — Compotier décoré de bandes émaillées bleu et portant des inscriptions en or.

64-65 — Fabrique de *Maskat.* Quatre compotiers, de décors variés; l'un d'eux présente un grand poisson, et deux autres des caricatures d'oiseaux.

66 — Deux aiguières émaillées gros bleu uni.

67 — Vase en forme d'éléphant, décoré en couleurs.

68 — Trois vases en forme de bouteille et un bol, décorés de fleurs réservées en relief sur fond émaillé brun.

69 — Deux bols émaillés bleu et décorés d'ornements en or.

70 — Deux jolies gourdes, décorées de figures et de paysages en camaïeu bleu sur fond blanc.

71-90 — Environ quatre-vingt-dix pièces diverses en porcelaine persane, variées de formes et de décors. Ce lot sera divisé.

Armes

91 — Beau casque en damas richement damasquiné d'or et portant des inscriptions. Il est garni de son colletin en mailles très-fines.. 585 Wetterhan

92 — Autre beau casque analogue à celui qui précède. 535

93 — Hache d'armes en damas ciselé à fleurs et figures en relief, et ornements finement damasquinés en or. 142

94 — Hache d'armes à double tranchant et hampe en damas damasquiné en or. 292

95 — Beau poignard kurde à lame courbe et flamboyante en damas damasquiné en or; poignée en ivoire.

96 — Très-joli petit poignard à lame évidée en damas damasquiné en or; poignée en morse. 395

97 — Poignard à lame à double tranchant en damas damasquiné en or; poignée en ivoire sculpté à figures et ornements.

98 — Couteau à lame en damas damasquiné en or; poignée en morse.

un poignard 25 Wetterhan

99 — Fer de lance en damas, à quatre lames, dont deux courbes et deux de forme droite.

100 — Poignard du Daghestan à lame double en damas évidée et damasquinée en or. Fourreau en chagrin garni en argent ciselé.

101 — Poignard analogue à celui qui précède ; son fourreau n'est pas garni d'argent.

102 — Poignard à lame en damas damasquiné en or ; poignée en buffle.

103 — Poignard afghan à lame en damas et fourreau en cuir.

104 — Yatagan à poignée d'argent.

105 — Trois petits couteaux en damas, dont un à lame découpée à jour.

106 — Deux très-beaux fusils à mèche, à canons damassés et bois incrustés d'ivoire. Ils sont garnis de fourches mobiles.

92 Wetterhan pour Hess

107 — Porte-Coran en damas, contenant un Coran complet d'une édition très-rare.

108 — Petit amorçoir en cuivre découpé à jour.

Bronzes et Émaux de la Perse

109 — Très-belle plaque d'émail représentant un groupe de figures dans l'attitude de la prière, et portant des inscriptions. Cette pièce est remarquable par la finesse de son exécution.

110 — Autre belle plaque d'émail représentant une branche de fleurs avec entourage décoré de figures, d'oiseaux et de fleurs.

111 — Très-grand et beau bol en cuivre gravé à ornements et portant quatre vers persans qui indiquent que ce vase a appartenu à la dynastie des Sefewieh, et qu'il servait à distribuer des boissons au peuple les jours de fêtes publiques.

112 — Coupe ronde en cuivre portant à l'intérieur le Coran complet très-finement gravé.

113 — Coupe ronde à ombilic saillant en cuivre, couvert à l'intérieur et à l'extérieur d'inscriptions cunéiformes.

114-116 — Cinq vases de forme ronde à large ouverture, en cuivre gravé à figures et ornements et portant des inscriptions. Ce lot sera divisé.

117 — Deux flambeaux en cuivre étamé, gravé à figures et ornements.

118 — Grand vase à panse sphérique en cuivre gravé, à figures et ornements. Ce vase forme jet d'eau.

119 — Vase de forme ronde à couvercle, en cuivre gravé, entièrement couvert de figures, de fleurs et d'ornements.

120 — Très-beau chauffe-mains de forme sphérique en cuivre finement gravé à fleurs et ornements, et enrichi d'incrustations en argent.

121-124 — Huit boîtes et plateaux en cuivre gravé à figures et ornements. Ce lot sera divisé.

125 — Théière et quatre porte-tasses en cuivre gravé.

126 — Aiguière à laver et son support en cuivre émaillé à fleurs et ornements en couleurs sur fond blanc.

127 — Plateau rond en cuivre gravé à figures et ornements et émaillé en couleurs.

128 — Très-belle boîte à miroir en bois laqué, couverte d'un décor remarquable en or et couleurs.

129 — Théière à panse droite en cuivre gravé et étamé, et anse en bronze.

DEUXIÈME VACATION

Le Mercredi 9 Janvier 1867

Faïences diverses

130 — Fabrique d'Urbino. — Jolie coupe ronde festonnée et à bossage, décorée en couleurs et représentant le triomphe d'Amphitrite.

131 — Fabrique italienne. — Deux grands vases à panse ovoïde et anses formées de cariatides et de mascarons. Ils sont décorés de sujets en couleurs.

132 — Fabrique de Bernard Palissy. — Neptune monté sur un cheval marin.

133 — Grand plat rond en faïence blanche à ornements gaufrés, et portant un écusson et des fleurs de lys en couleurs.

134 — Deux assiettes en ancienne faïence de Marseille, à bords à jour et décorées de fleurs en camaïeu vert.

134 *bis* — Grand plat rond en faïence de Savone, à reliefs et décoré en camaïeu bleu.

135 — Deux petits plats de forme octogone allongée, en faïence de Moustiers, décorés d'armoiries et d'ornements en camaïeu bleu.

136 — Plat rond et festonné en ancienne faïence de Rouen, décoré d'oiseaux et de fleurs en couleurs.

136 *bis* — Deux petits plats en faïence de Gubbio, à décor d'ornements à reflets métalliques.

137 — Petit plat rond en faïence d'Urbino, représentant Mercure et Argus.

137 *bis* — Vase en faïence italienne, décoré en couleurs et représentant Judith tenant la tête d'Holopherne.

138-142 — Sept plats en faïence de Moustiers, décorés d'armoiries et d'ornements en camaïeu bleu. Ils seront vendus séparément.

142 *bis* — Beau plat ovale de même faïence, décoré en camaïeu bleu dans le style de Bérain, et portant la couronne royale.

143-145 — Trois plats et assiettes de même faïence, décor polychrome.

146 — Grand plat rond en faïence de Rouen, décor en camaïeu bleu.

146 *bis* — Deux plats longs de même faïence. Décor à la corne.

147 — Soupière en faïence de Moustiers à décor en camaïeu vert.

147 *bis* — Deux compotiers carrés en faïence de Marseille. Décor polychrome à fleurs.

148 — Pot à eau et sa cuvette en faïence, à décor de style italien.

149 — Deux brocs en faïence, l'un d'eux portant des fleurs de lys en camaïeu bleu.

Verrerie

150 — Bouteille en verre de Venise, décorée de filets d'émail blanc en spirale.

151 — Flacon carré décoré de figures d'anges et de bustes peints à froid.

152 — Deux petites coupes basses en verre de Venise à filets d'émail bleu.

153 — Coupe basse en verre de Venise, filigrané d'émail blanc.

154 — Deux petits flacons en verre de Venise à arêtes d'émail bleu.

155 — Quatre flacons ou bouteilles en verre taillé et gravé.

156 — Verre gravé et deux salières en verre bleu, montées en cuivre argenté.

Vitraux

157-163 — Huit jolis vitraux des XVIe et XVIIe siècles, à sujets de personnages et blasons, qui seront vendus séparément.

164-171 — Dix-neuf vitraux de belle qualité et de même époque, qui seront vendus par lots.

Miniatures

172 — Miniature ovale sur ivoire, du temps de Louis XVI. Portrait de femme vue à mi-corps.

173 — Miniature ovale sur vélin. Portrait de femme, en costume et de l'époque Louis XIV.

174-175 — Six miniatures diverses sur vélin, sur cuivre et sur ivoire. Ce lot sera divisé.

176 — Manuscrit in-8° du XVe siècle, enrichi de quantité de miniatures, d'encadrements et de lettres ornées en couleurs. Il a conservé sa reliure de l'époque.

177 — Trois miniatures attribuées à Klingstett, et représentant divers sujets de personnages. Elles seront vendues séparément.

178 — Deux petites peintures à l'huile. École française du temps de Louis XVI.

178 *bis* — Miniature ronde sur ivoire. Portrait de femme, par *Guillon*.

Porcelaines de Chine et du Japon

179 — Deux assiettes en ancienne porcelaine mince de la Chine, présentant à leur centre un sujet familier composé de quatre figures et d'attributs, finement émaillé en couleurs et à triple bordure à rosaces, quadrilles et cartouches de fleurs.

180 — Très-joli plat rond en ancienne porcelaine de Chine, décoré d'un sujet de personnages au centre, et de cartouches à figures au bord, avec ornements d'or sur fond rouge. Belle qualité.

181 — Plat rond en ancienne porcelaine de Chine, décoré de figures et de fleurs émaillées en couleurs.

182 — Grand plat en ancienne porcelaine du Japon, décoré en bleu, rouge et or, portant un écusson armorié soutenu par deux chiens héraldiques.

183 — Deux salières en ancienne porcelaine du Japon, et deux compotiers en porcelaine de Chine, dont un décoré de figures de style européen.

184 — Deux plats en ancienne porcelaine de l'Inde, décorés d'armoiries et de guirlandes de fleurs.

184 *bis* — Deux compotiers ronds, à côtes, en ancienne porcelaine de Chine, décorés de corbeilles de fleurs émaillées en couleurs.

185 — Plateau-présentoir en ancienne porcelaine du Japon, en quatre compartiments.

186 — Vase de nuit en porcelaine de Chine. Belle qualité.

187 — Deux assiettes en ancienne porcelaine de Chine, décorées de blasons, de paysages et d'ornements.

187 *bis* — Deux compotiers en ancienne porcelaine de Chine, décorés de paysages en camaïeu bleu, et à bordures découpées à jour.

Porcelaines diverses

188 — Écritoire à trois goulots et plateau en ancienne porcelaine tendre de Sèvres, fond bleu de roi, à médaillons décorés de papillons et rehauts d'or. Monture à trois anses, et cariatides en bronzes doré.

189 — Buste de Voltaire en biscuit, sur socle en marbre griotte.

190 — Lot de tasses, soucoupes et pot à crème, en porcelaine de Venise et autres.

191 — Trois petits vases en porcelaine de la Chine, fond rouge haricot.

192 — Trois assiettes en porcelaine de Saxe.

193 — Cuvette en porcelaine de Saxe, et assiette en faïence de Milan, à décor de style japonais.

Bronzes d'art et d'ameublement

194 — Deux vases forme bouteille, en ancienne porcelaine de Chine, à décor émaillé, montés en candélabres en bronze doré.

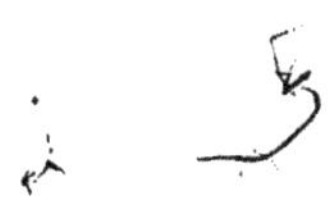

195 — Lustre flamand en cuivre poli, à six lumières.

196 — Lustre flamand analogue à celui qui précède, mais plus petit.

197 — Deux grands chenets du XVIe siècle, en bronze, surmontés de figurines debout.

198 — Deux chenets style Louis XIV, en bronze, à figures d'amours.

199 — Deux flambeaux en bronze doré, style Louis XIV.

200 — Deux autres flambeaux en bronze doré, style Louis XVI.

201 — Aiguière flamande à panse ovoïde, en cuivre poli.

202 — Aiguière en cuivre, à ornements gravés, et bassin en cuivre repoussé, à festons de vigne.

203 — Petit cartel, en marqueterie d'écaille et cuivre.

204 — Petite pendule allemande de forme carrée, en cuivre gravé et doré, à figures et ornements, et surmontée de figurines d'Hercule.

205 — Lanterne turque, en cuivre et verre.

206 — Chien et chat assis, formant appliques, en cuivre jaune.

207 — Bas-relief en bronze doré du XVIe siècle, représentant un sujet de bataille.

208 — Coupe ronde en cuivre doré, et rosaces émaillées. Travail oriental.

209 — Coupe ronde, à couvercle en cuivre repoussé à ornements et mascarons et découpé à jour.

210 — Crabe en bronze, et tasse en verre bleu, montée en cuivre doré.

Objets variés

211 — Pendule du temps de Louis XV, en marqueterie de cuivre sur corne verte, et garnie de bronzes dorés.

212 — Régulateur, destiné à être suspendu, en bois sculpté et doré, avec mouvement marquant les mois, les jours, les phases de la lune, et marchant un an sans être remonté. Époque Louis XVI.

213 — Deux grandes épées du XVIe siècle, dont une à garde dorée.

214 — Deux longs tuyaux de pipes avec bouquins en ambre.

215 — Joli vase en étain enrichi d'inscrustations d'argent. Travail oriental.

216 — Deux pièces : figurine en ivoire, saint personnage, et tabatière en forme de soulier en bois sculpté.

217 — Deux pièces : tabatière Louis XV, en cuivre doré et aventurine de Venise, et longue-vue.

218 — Petite cassette en marqueterie de bois et ivoire. Travail vénitien.

219 — Deux grands cadres en bois sculpté.

220 — Deux petites bordures en bois sculpté et doré à rinceaux.

221 — Deux portières en tapisserie à la main, décorées de fleurs et appliquées sur fond de velours vert.

222 — Deux consoles de suspension en bois sculpté.

223 — Groupe en ivoire sculpté, saint Michel terrassant le démon.

224 — Flambeau de table formant surtout à quatre lumières et coupe en forme de coquille, en cuivre repoussé et argenté.

225 — Pot à crème en argent repoussé, à fleurs et ornements.

226 — Sucrier à deux anses et à couvercle en faïence de Trévise, à décor de fleurs.

227 — Coupe en terre émaillée allemande avec parties réticulées.

228 — Vidrecome de forme cylindrique en verre décoré de sujets de bataille et bustes à froid.

229 — Verre allemand à couvercle, gravé à ornements et attributs.

230 — Plat en faïence de Rouen, décoré d'un sujet de chasse.

231 — Veilleuse en faïence de Delpht à décor polychrome.

232 — Deux très-petits bras de cheminée en cuivre à enroulements.

233 — Quatre petits bustes en biscuit de Bavière, représentant les Saisons.

234 — Deux plaques en albâtre sculpté en relief. XVIe siècle.

235 — Poignée à charnière en bronze du Tonkin.

236 — Bague du temps de la République, en argent, portant les bustes de Pelletier et Marat, *martyrs de la liberté*.

237 — Deux pièces : boîte de montre Louis XIII, en cuivre, et boîte Louis XV, en écaille.

238 — Grosse montre avec mouvement exécuté en ivoire.

239 — Groupe en bois sculpté, signé Philip. Rempl, 1751.

240 — Deux très-petites consoles à tiroirs, en bois incrusté d'ivoire.

241 — Cloche et plateau en cuivre repoussé, argenté et découpé à jour.

242 — Écran garni d'une tapisserie au petit point. Époque Louis XIII.

243 — Tour chinoise en ivoire, avec figures mobiles et sonnerie.

244 — Boîte à laine en marqueterie de bois. Époque Louis XV.

245 — Vase de pharmacie en faïence, portant les armes du roi Stanislas.

246 — Plat en cuivre représentant le festin des Dieux.

247 — Deux plats en cuivre repoussé, à figures.

248 — Joli groupe du temps de Louis XIV, en bois sculpté. La Vierge debout tenant son divin Fils assis dans ses bras.

249 — Deux statuettes en bois sculpté : sainte femme agenouillée et saint Joseph debout.

250 — Deux pièces : râpe à tabac en bois sculpté, et mascaron en os.

251 — Coffret vénitien à sujets de chasse et ornements exécutés en pâte, en relief.

252 — Petit buste de Voltaire en marbre blanc.

253 — Cassette en bois sculpté à ornements et rinceaux du XVIe siècle.

254 — Figure d'homme nu et debout, en bronze ; il tient une bobèche sur chacune de ses mains étendues.

255 — Grosse montre de voiture en argent, à ornements gravés et découpés à jour.

256 — Petite lampe en bronze formée d'une tête de nègre.

257 — Divinité indienne en marbre blanc, sur socle en bois noir et or.

258 — Théière et son réchaud, en cuivre repoussé à ornements et doré.

259 — Grand et beau coffre, en marqueterie d'écaille et ivoire. Travail du XVIIe siècle.

260 — Petite glace de forme octogone allongée, avec cadre en bronze doré découpé à jour. Époque Louis XIII.

261 — Deux glaces carrées, avec cadres à moulures en bois noir et plaqués en écaille.

262 — Aiguille en cristal de roche, d'assez fortes dimensions.

263 — Plateau en cuivre repousé et doré.

www.ingramcontent.com/pod-product-compliance
Ingram Content Group UK Ltd.
Pitfield, Milton Keynes, MK11 3LW, UK
UKHW021037260726
13994UKWH00005B/2199

9 782329 352398